KB209496

똥파리의
사과

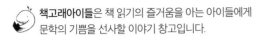

책고래아이들은 책 읽기의 즐거움을 아는 아이들에게
문학의 기쁨을 선사할 이야기 창고입니다.

책고래아이들

똥파리의 사과

2025년 1월 30일 초판 1쇄 발행

동시 박자호 **그림** 채린 **편집** 김인섭 **디자인** 김헌기
펴낸이 우현옥 **펴낸곳** 책고래 **등록 번호** 제2015-000156호
주소 서울특별시 서초구 강남대로12길 23-4, 301호(양재동, 동방빌딩)
대표전화 02-6083-9232(관리부) 02-6083-9234(편집부)
홈페이지 www.dreamingkite.com / www.bookgorae.com
전자우편 dk@dreamingkite.com
ISBN 979-11-6502-205-1 73810

ⓒ 박자호, 채린 2025년

• 이 책의 출판권은 책고래에 있습니다.

• 책값은 뒤표지에 있습니다.

• 이 책은 (재)전라북도특별자치도문화관광재단 **JCT** 전북특별자치도문화관광재단
  Jeonbuk Art, Culture & Tourism
  2024년 지역문화예술육성지원사업에 선정되어 보조금을 지원받아 발간하였습니다.

똥파리의
사과

박자호 동시집 채린 그림

책고래

차례

시인의 말

어린 시절부터 책이 좋았어요.

나이 터울이 큰 오빠들 틈에서 자라다 보니 혼자만의 시간이 많았습니다. 부모님이 오빠들 읽으라고 사 주신 동화책 전집이 나의 친구였고 상상의 나래였습니다. 상상 속에서 나는 주근깨 가득한 빨간 머리 앤이고 모험심 가득한 삐삐였습니다. 하지만 그때는 책을 좋아하고 이야기를 전달하는 능력이 큰 재주라는 것을 잘 몰랐습니다.

마음 한편에 내려놓았던 책을 두 아이를 위해 다시 펼쳐 들었고, 행복했습니다. 두 아이가 자란 뒤에는 다른 아이들에게 이야기를 들려 주러 여기저기 기웃거렸습니다.

아이들은 엉뚱하고 기발하고 짓궂고, 사랑스럽습니다. 또 마음을 숨기지 못하고 말과 행동으로 쏟아 냅니다. 그때 결심했어요. 아이들의 마음과 말을 동시로 표현해 보기로.

공부할수록 쉽지 않았어요. 자꾸 어른의 생각과 말이 튀어나왔거든요. 하지만 아이들과 만나면서 문득 스치는 생각들을 열심히 기록하고 글을 고쳤어요. 이미 나이 든 내가 동심을 얼마나 동시에 담았는지는 모르겠지만 그래도 열심히 노력했다고 자신 있게 말할 수 있습니다.

저의 영원한 스승이신 박예분 작가님, 부족한 저를 잘 다듬어 주셔서 감사합니다. 동시의 씨앗이 되어 준 우리 아이들, 함께 공부하며 한숨 쉬었던 문우들, 동시집 출간을 누구보다도 기뻐했을 하늘에 계신 엄마와 어머니, 그리고 항상 나를 지지하고 응원하는 가족에게도 감사와 사랑을 보냅니다.

2025년 1월
박자호

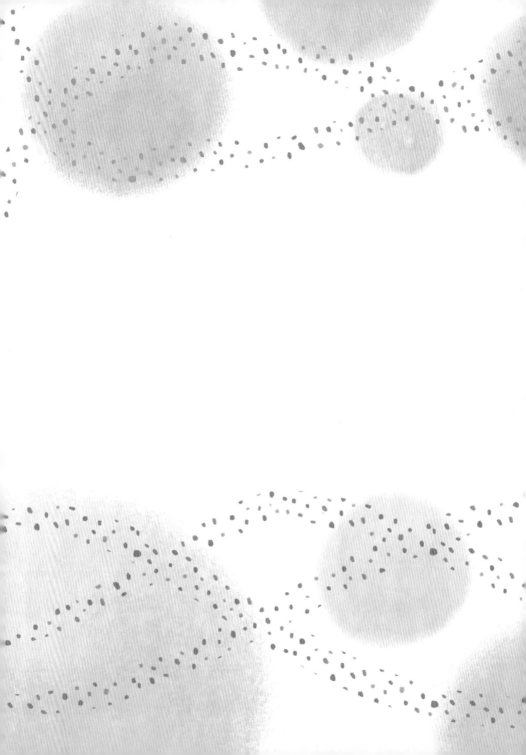

1부
수상하다 수상해

수상하다 수상해

뽀오옹 푸시식
강아지 보스는 대체 뭘 먹은 거야

뿡 뿡 뿌우웅-
요란한 아빠 방귀
킁킁

보스 방귀랑 똑같다

아빠! 설마
강아지 밥 뺏어 먹은 거 아니죠?

화들짝

봄소식에 마음이 두근두근

꽃망울 터트린 노란 매화
바위 사이 고개 내민 도룡뇽

반가워 봄마중 나갔다
꽃샘추위에 어깨 움츠리며

쏙쏙쏙 숨는다

엄마의 파이팅!

예쁜 꽃 심으려고
커다란 돌멩이들 힘들게 옮겨 만든
가족 꽃밭

이쪽엔 보들이 상추
저쪽엔 길쭉이 대파
요쪽엔 뾰족이 오이
그것도 모자라
화분마다 고추가 다닥다닥

우리 집 꽃밭에는
예쁜 꽃 대신
먹거리 열매들이
무럭무럭 자라고 있다

짝꿍

새 학기 첫날
옆에 모르는 아이 앉았다

두근두근 콩닥콩닥 쿵쿵

마음이 들릴까 봐
책상만 뚫어지게 바라보는데

슬며시 넘어온 손
사탕을 내밀며

-먹을래? 맛있어

사탕처럼

내 마음도 사르르 녹는다

벚꽃

따스한 봄바람에 실려 온
반가운 손님

몽실몽실 피어나는 꽃송이
가지에 오밀조밀 앉아

밤새 비바람에 시달리며
바들바들 떨다가

우르르 꽃비 되어 날아간다

지킴이

송광사 일주문에
용이 산다

여의주를 입에 물고 있는 용
여의주를 잃어버린 용
비바람에 몸이 닳아 버린 용

오랜 시간
송광사를 지켜 온
용감한 용들이다.

상상 놀이

목련꽃 나무 아래
벌러덩 드러누워

탐스런 하얀 꽃
두 손에 꼭 쥐고

녹아내릴까 얼른
한 입 베어 물면

상상으로 먹는
우윳빛 아이스크림

입안에
꽃향기 가득 찬다

이르기

1, 2, 3학년 함께하는
방과후 책놀이 시간

-1학년 코딱지 먹어요
-1학년 돌아다녀요
-1학년 시끄럽게 노래해요
-1학년 유치해요

2학년이 이르면
3학년 누나 팔짱 끼며

-야! 조용히 해
네가 더 시끄러워

도로록 도로록

하얀 밥에
고소한 참기름
한편 되었다

탱글탱글 게맛살
숯불에 구운 햄
촉촉한 계란말이
건강미인 시금치
아삭아삭 단무지

서로 자기가 제일이라고
앞다투어 뽐낼 때

보다 못한 까만 김

모두 품에 안고 다독이며

도로록 감싼다

따끄으으음

주사 맞을 생각에
눈앞은 캄캄
온몸이 부들부들

사람들이
-다 큰 녀석이 쯧쯧
 하나도 안 아파

의사 선생님이
- 따끔할 거야

나도 한 마디
- 따끄으으음하고만!

떠나거라

외출할 땐 마스크 꼭
돌아와선 곧바로 손 씻기

친구와 수다 안 떨고
떡볶이도 같이 안 먹고
조심했는데

걸려 버렸다 코로나
갇혀 버렸다 꼼짝없이

머리는 지끈지끈
기침은 쿨럭쿨럭
목구멍에서 불난다

코로나, 너 어디서 왔니?
제발 떠나 주라

마트표

마당에 혼자
오도카니 서 있는 체리 나무

가지 가득 하얀 꽃 피웠다

체리꽃에 앉은 꿀벌
혼자만 왔다
친구들에게는 비밀로 하고

-에휴!
올해도 체리가 안 열리면 마트표를 먹겠군.

할아버지랑 나랑

끄으으응,
힘 줘도 시간만 끌 뿐 해결 못 했다

할아버지도 허엄꿍 허엄꿍

똑같은 걸 먹었는데
오빠는 슈웅,
나는 끄으으응,
할아버지는 허엄꿍,

마당을 뛰어다니고 배도 주무르고
차가운 요거트 한 병 먹고
그제야 슈우우웅-

나란히 누워 손 맞잡고
찡긋찡긋 눈 맞추는 할아버지와 나
똑 닮은 변비 친구다

널 좋아해

고불고불한 네 모습
색깔도 냄새도 모든 것이 좋아

엄마가 우리 사이 반대하고
아빠가 널 숨겨도

너에 대한 내 마음
도저히 감출 수가 없어

너와 헤어지려고
다른 친구도 만나 보았지만

그럴수록 네가 더 생각나
아무래도 진심인가 봐

라면아, 사. 랑. 해!

딱 걸렸어

지글지글 기름에 튀겨
딩굴딩굴 버터에 굴린 감자튀김

둘이 먹다 하나 사라져도 모르는
환상의 맛

아껴 먹으려고 살짝 숨겨 뒀는데
어라, 온데간데없다

강아지 보스는 모르는 일이라며
눈만 꿈벅꿈벅

으악, 버터 냄새!
보스의 입에서 폴폴 날린다

너, 딱 걸렸어!

2부
똥파리의 사과

한밤중 음악회

문틈으로 들리는
요란한 잠꼬대

드렁 드렁 컥 푸우
빠득 빠뜩 빠드득
쩝 쩝쩝 음냐 음냐

뒤질세라 강아지도
고롱 고롱 고로로롱

소리도 박자도 그럴싸한
한여름 밤의 오케스트라

치사하다 치사해

학교 화단에 방울토마토
빠알갛게 익었다

하나 따 먹으려다
알림판 보고 주춤주춤

- 따 먹지 마세요

주위 살피며 사알짝 손 내미는데
CCTV 촬영 중

치이! 먹지도 못하게 하면서
뭐하러 심어요?

나쁜 엄마

구피의 불룩한 배가 꿀렁 하더니
동글동글 새끼를 낳는다

하나 둘 셋 넷 다섯---
우와 너무 많아 다 세기도 어렵다
꼬물꼬물 헤엄치던 아기들

잠깐 한눈판 사이
감쪽같이 모두 사라져 버렸다

자기 새끼인지도 모르고
어미 구피가 몽땅 먹어 버렸다

세상에서 제일 나쁜 엄마
너무너무 미워 째려본다

똥파리의 사과

대단히 큰 잘못 했나 보다

내 주위를 돌며 두 손 싹싹

손을 휘저어도
다시 돌아와 잘못했다고
싹싹 왱알왱알

똥파리야 잘 들어
아이스크림 피자 먹은 거
다 용서할게
제발, 내 곁에서 떠나 줄래?

.

.

.

왱알왱알 싹싹 왱알왱알 싹싹

사과밖에 모르는 너
말도, 하나도 안 통한다

엄마의 두 얼굴

동네에서 소문난 천사 엄마
운전대만 잡으면 달라진다

갑자기 끼어드는 앞차를 향해
무서운 말 쏟아져 나온다

- 저 ** 미쳤네
- 저 ** 죽고 싶어서 환장했나

헐크가 된 무서운 엄마
조심조심 눈치 살피는데

사랑해, 잘 다녀와!

언제 그랬냐는 듯
순둥순둥 차 문을 열어 준다

유기견

주인 잃고 떠돌다
우리 가족이 된 막내 보스

눈도 마주치지 못하고
슬금슬금 피하더니

지금은
발라당 드러누워
뽀오얀 배를 내민다

안아 달라고?
쓰다듬어 달라고?

아니, 맛난 간식 달라고

허물

쑤욱, 나무에 벗어 놓은
매미 허물 보고
다 컸다며 대견해하는 우리 엄마

쏘옥,
언니가 벗어 놓은 허물 보고
쏟아지는 엄마 잔소리에

– 매미처럼 나도 크려고 그래요

철없는 우리 언니
처얼썩,
등짝 스매싱 당한다

미스코리아

하얀 담벼락 앞에

주욱 주욱 주우욱

자라는 접시꽃

가느다란 몸으로

꼿꼿이 서서

무더위 꾹 참고

도도하게

예쁨을 뽐낸다

선택

실내 수영장 안에
두 갈래 길

남자 탈의실과 여자 탈의실
바꿔 들어가는 엉뚱한 상상

- 허걱
- 아아아악

안 돼 안 돼!

눈 부릅뜨고
내 갈 길로 간다

떡튀순

떡볶이와 어묵은 영원한 단짝
튀김은 오로지 간장하고만 논다

새우젓과 이별한 순대는
새로 만난 소금에 푹 빠졌다

안되겠다 싶어
모두 사이좋게 지내라고

떡볶이 국물에
튀김이랑 순대 몽땅 집어넣고
기다렸더니

환상의 맛 떡튀순이 됐다

똑 닮았다

삽살개 빨강이는
엄마 뒤만 졸졸 따라다닌다

노랑, 파랑, 초록 언니 오빠들
모두 입양 보내고

덩치가 산만한 빨강이
오늘도 엄마를 독차지한다

엄마 없인 하루도 못 사는 빨강이
나랑 똑 닮았다

마음이 보여요

엄마한테 꾸중 듣고 억울해
시험 성적 잘못 나와서 속상해
친구와 심하게 다퉈서 화가 나도
나는 장세영이다
그런데
거울에 보이는 나는
장세영이 아니다
눈썹은 치켜 올라가고
콧구멍은 벌렁벌렁
입은 샐쭉 얼굴은 붉으락푸르락
세상에서 제일 못생기고 무섭다

지금 내 마음이다

자동차 방귀

뿡–
솜사탕 같은 하얀 방귀
건강하군요

피시식–
먹구름 같은 회색 방귀
주의하세요

뿌우우웅-

다 타 버린 까만 방귀

치료해야 합니다

맑은 공기 마시며

운동하면

건강한 방귀 뀔 수 있을까?

청개구리

할아버지와 함께
나무 머리 깎아 주는 날

청개구리 한 마리
사과나무로 폴짝

할아버지가 얼른 집어
입속으로 꿀꺽

- 오물오물 엄청 맛있구나!
- 허걱, 불쌍한 청개구리
이젠 할아버지하고 말 안 할 거야

할아버지가 씨익 웃으며
주먹 쥔 손가락 하나하나 펼치자
그 안에서 놀란
청개구리가 폴짝

다시 할아버지 입속으로
홀랑 들어갈까 봐
얼른 집어 사과나무 위에
살포시 놓아 주며

– 개구리야, 빨리 뛰어!
할아버지 새참도 안 드셨단 말이야

모기에게

모기야, 제발 물지 마!

오늘 밤에도 모기를 설득한다.

나, 안 씻어서 더러워
나, 콜라 먹고 햄버거 먹어서 안 건강해
나, 운동 안 해서 뒹굴뒹굴 뚱뚱해

그러니까 모기야,
나 물면 너만 손해다 뭐!

3부
똥내 나는 가을

딸꾹질 멈추기

몰래 먹은 것도 없는데
멈추지 않는 딸꾹질

코 잡고 입 막고 숨 참기
벌컥벌컥 물 마시기
노래 부르며 뜀뛰기 해도

딸꾹, 딸꾹, 따알꾹

"왁!"
갑자기 엄마가 놀래킨다

앗싸! 멈췄다

빗방울 연주

작은 웅덩이에
퐁
포롱
포로롱

빨갛게 익어 가는 단풍잎에
툭
투둑
투두둑

퐁 포롱 포롱 포로옹 퐁퐁
툭 투둑 투둑 투두둑 툭툭

빗방울 가을 음악회

검색창

데구르르
대굴대굴
떼굴떼굴
통통

이게 다 무슨 말이야?
한참 끙끙대다
휙휙 써 내려간다

아끼는 왕구슬이 데구루루 굴러간다
다람쥐가 놓친 도토리가 대굴대굴 굴러간다
게임기 사 달라며 동생이 떼굴떼굴 구른다
우리말 잘하는 나는 언제나 통통 튄다

ㅋㅋㅋ

센스쟁이 검색창

오늘도 고마워

- 얼랄라, 얘들 좀 봐!

엄마가 심은 배추
깡그리 먹어 치운 콩벌레들

- 너희들, 콩벌레니까
콩 좋아하는 거 아니었어?
어쩔 거야, 내 쌈배추
어쩔 거냐고, 우리 가족 김장배추

못 들은 척
시치미 뚝 떼는 콩벌레들
똥만 싸고 달아난다 뻔뻔하게

- 얼랄라, 똥까지 치우라는 거야?

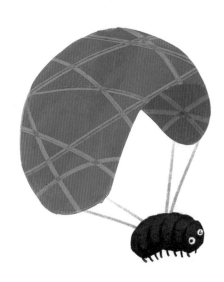

콩벌레 2

내 이름을 콩벌레라고
누가 지었어?

내가 콩 좋아한다고
누가 그랬냐고?

나, 배추 엄청 좋아해
콩만 한 내가 얼마나 먹는다고
쩨쩨하게 화를 내냐?

훙, 나하고 한판 붙으려면
오늘 밤에 거기로 나와!

내가 똥 싼 자리 알지?

안 나오면 지는 거다

꽃게찜

솥단지 가득 쪄 낸 꽃게
온 가족 연장 들고 둘러앉아

자르고 찌르고 파낸다
허리 한 번 펼 새 없이

노동력에 비해 부실한 수확물
　　입안으로 게살 밀어 넣기 바쁘다

냉장고 들랑날랑
　　종일 물을 들이켜도 여전히 짜다

오늘 밤 잠은 다 잤다

꽃게장

까만 간장에
온갖 야채로 향을 더하고
삼일 동안 기다렸다

게딱지 서로 먹으려고
흘겨보는 오빠 눈
덤비는 언니 젓가락 뿌리치고

내 밥그릇 위에 홀딱 올라앉은 게딱지
밥 한술에 김가루, 참기름 한 방울

싱거워 게장 더 넣고
짜서 밥 한술 더 넣고
어느새 우리 가족 밥 한솥 뚝딱

저녁내 화장실 들랑날랑
여전히 뱃속은 꾸루룩 꾸룩

오늘 밤도 잠은 다 잤다

마음달

마음속 소원 빌러
달마중 간다

가득 찬 보름달
손잡고 빙빙 돌며
달그림자 밟는다

백 년 만에 뜬
가장 큰 둥근달

똑, 따서
내 맘에 담는다

가을 쿠키

바삭 바삭 바사락
고소한 소리에 두리번두리번

빗물에 반죽하고
바람에 말려
햇볕에 노릇노릇 구워 낸
낙엽 쿠키

발걸음들이 맛보는
바삭 바삭 바사락 쿠키

똥내 나는 가을

노랗게 물든 은행나무 아래
동글동글 노란 알들
요리조리 피하다 밟고 말았다

지훈이가 놀린다

-으, 똥 냄새!

친구들도 코를 잡고 수군수군

신발 바닥을 탈탈 털고
흙바닥에 벅벅 비벼도
사라지지 않는다

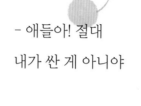

\- 애들아! 절대
내가 싼 게 아니야

가을이 남긴 똥 냄새야.

도망자

송골송골
땀방울

휘리릭 휙휙
갈바람에 놀라

후다닥
달아난다

한글날에

아파트 이름
에코시티
휴먼시아

빵집 이름
뚜레쥬르
빠리바게트

에휴, 정말 너무해

세종대왕님!
영어만 쓰는 어른들 혼내 주세요

수줍은 고구마

단단한 땅속에 숨어
덩이덩이 자란 호박 고구마

뜨거운 김에 화들짝 놀라
껍질 옷 훌렁 벗고

노오란 속살 수줍어
입속으로 꼭꼭 숨는다.

관광버스 병원

할머니 꼬부라진 등을 보면 마음이 아프다
곧아지라고 주무르고 두드려도 소용없다
병원 가서 고치자고 손 잡아끌어도
젊었을 적 고생 많이 해 그렇다며
이제는 못 고친단다

그런데

단풍 구경 가는 관광버스에 앉아
트로트에 어깨 들썩 몸 흔드는 할머니
허리 바로 세우고 등 쫘악 편다

의사도 못 고치는 할머니 허리

낫게 하려면

관광버스 많이 태워 드려야겠다

안녕! 보스

강아지 보스가
무지개다리 건넜다

떠나보내고 돌아오는 길
마음은 찌르르
눈물 콧물 뒤범벅

더 꼬옥 안아 줄걸

사랑한다고 더 더 말해 줄걸

사랑해 보스
영원히 기억할게

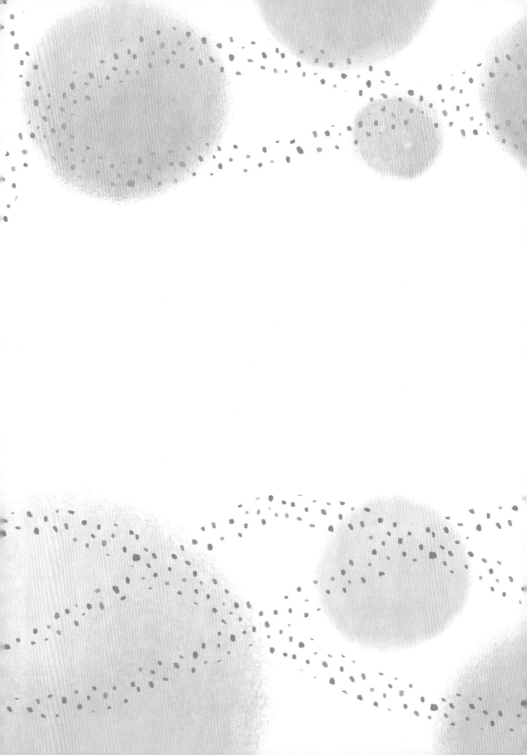

4부
닭 잡으러 갈 사람 여기 붙어라!

토끼와 거북이

눈이 펑펑 내리는 날
거북이가 된 자동차들

누가 누가 제일 느린지
줄을 맞춰 엉금엉금

잘난 척 앞지르는 토끼 자동차
쭈욱 미끄러져 뱅글뱅글

빙판길 레이스의 승자는
오늘도 거북이

만장일치

생일, 시험, 축구경기 날
물어보나마나
가족 모두 만장일치

- 치킨! 치킨! 치킨!

고소하게 튀겨
빨간 양념 뒤집어써도
파채랑 간장 버무려도

너무너무 맛있는 치킨
역시 우리 가족 선택은

언제나 옳다!

엄마의 눈물

미역국 끓이는 엄마
우울하다

눈치 살피다 슬쩍 달력 보니
동그라미 밑에 적혀 있는

'엄마 생신'

작년에 돌아가신 할머니 보고 싶어
눈물 흘리는 엄마

토닥토닥
등 두드리며
꼬옥 안아 주었다

오늘도 비 온다

방학 하는 날
지수랑 약속했다

눈이 오면,
눈 오리 만들자
천사도 하고
떡볶이 꼭 먹자

기다리는 눈은 안 오고
매일매일 비만 내린다

보고 싶어 못 참겠다
도저히 못 기다리겠다

-지수야, 지금 당장 만나자

다이어트

야채, 과일에 검은 봉지 가득 찬 냉장고
머리카락, 먼지 잔뜩 삼킨 청소기
옷더미에 수건까지 욱여넣은 세탁기

피자 한 판에 콜라 한 병 꾸울꺽한 나

안되겠어
모두
오늘부터 시작이다

사랑 고백

큰아빠네 고모네 우리 가족까지
한자리에 모였다

동그란 케익에 다닥다닥
촛불 켜고

다 함께 손뼉 치며
축하 노래 부를 때

슬며시 할머니 옆에 다가가
쪼글쪼글한 귀에 속삭인다

-할머니 사랑해요
건강하게 오래오래 사세요

러브 송

할아버지 생신날
할머니가 축하 노래를 한다

가사, 음정, 박자
맘대로 부르며

할머니 손 꼭 잡고
함께 따라 부르는 할아버지

세상에서 가장 아름다운 사랑 노래다

불멍

활활 타오르는 모닥불

온 가족 둘러앉아
멍하니 바라본다

싸라락 싸라락
불꽃을 보다
스멀스멀 피어나는 생각

오늘 119는 일 안하나?

마음이 몽글몽글

군대 가는 선생님과
오늘은 마지막 수업하는 날

선생님이 이별 선물로
한 웅큼 과자를 나눠 주셨어

마음은 몽글몽글 눈물 나는데
입속은 달달해

아홉 살 우리는
선생님과 달콤한 이별을 했어

루돌프 사슴 코

어두울 때
잘 보이라고 불을 켰나 봐

아냐,
너무 열심히 일해서 코피가 난 거야

아냐,
코가 시려워 장갑을 꼈나 봐

어쨌든,
루돌프 사슴 코는 기억될 거야

길이길이
길이길이

독감에 걸렸어

게슴츠레한 눈
따끔따끔한 목
허리도 아프다

산도 안 탔는데
다리까지
아이고오오~

유행하는 독감에

내 몸이
폭삭 늙었다

택배 상자

학교 갔다 돌아오면
현관문 앞에 쌓여 있는 상자들
온갖 상상이 펼쳐진다

반짝반짝 슬라임일까
포켓몬 빵일까
아니야,
내 생일 선물일 거야

두근두근 개봉박두

에계계, 과메기네!

그래도 좋다

ㅎㅎㅎ

아주 잠깐 행복했다

닭 잡으러 갈 사람 여기 붙어라

태어나서 처음으로
엄마 외갓집에 놀러 왔다

우리 집엔 없는 것이
여기는 뭐든지 많다

뚝딱뚝딱
눈썰매장 만드는 할아버지들

졸졸졸졸
내 뒤만 따라다니는 할머니들

뒹굴뒹굴
마당에서 노는 강아지들까지

닭 잡으러 갈 사람 여기 붙어라!

모두 데리고 닭 사냥을 떠난다

겨울 여행

도로를 사이에 둔 호수와 바다

바다에 발 담근 갈매기
호수에 자맥질하는 오리

추운 날씨에 감기 들까 봐
두 팔을 휘저으며 훠이훠이

꿈적도 안 하는 애들 때문에
왔다 갔다 발만 동동

세뱃돈

차례차례 세배 기다리는
기다란 줄 틈에

살짝살짝 끼어
세 번째 넙죽 절한다

마음 켕기지만
쓰윽, 손 내미니

눈 찡긋하며
또 주시는 세뱃돈

할머니! 진짜 진짜로
새해 복 많이 많이 받으세요

《똥파리의 사과》를 먼저 읽은 어린이들의 이야기

동시가 예뻐요. 나도 내 마음 들킬까 봐 고개를 숙이고 책상만 바라본 적이 있어요. 친구와 친해지려고 사탕을 내밀었는데 마음이 착한 것 같아요. 나도 좋아하는 친구가 생기면 사탕을 주고 싶어요. 물론 돈이 생기면요. '나랑 친해지자. 잘 지내자.'라고 말하면서요. 〈짝꿍〉

동시가 신기해요. '매미처럼 나도 크려고 그랬어요.' 말한 언니가 웃겨요. 그렇게 까불다 혼날 줄 알았어요. 나도 말도 안 되는 걸로 우기다가 엄마한테 등짝 10번이나 맞은 적 있어요. 나는 1학년이라 아직 글씨를 다 모르는데 제목의 글씨가 웃기게 생긴 거 같아요. 그래서 마음에 들었어요. 하지만 사실 나는 매미 허물을 한 번도 본 적이 없어요. 동시를 읽으면서 쌤이 알려 줬어요. 내년 여름에는 매미 허물을 꼭 찾아봐야겠어요. 〈허물〉

★ 문단우 (우전초, 1학년)

우리 엄마도 화가 나면 무서운데 세상에서 제일 나쁜 엄마가 너무너무 미워서 째려본다고 맨 마지막에 있어서 자세히 읽어 봤다. 그런데 물고기 구피 엄마가 자기 새끼인지도 모르고 다 잡아먹었다. 우리 엄마는 아무리 화가 나도 나를 절대 잡아먹지 않는다. 엄마는 화

를 내도 나를 꼭 안아 준다. 내가 구피 새끼가 아니라 다행이다. 〈나쁜 엄마〉

★ 임예린 (우전초, 1학년)

　밤에 음악회를 왜 하는지 모르겠어요. 강아지가 '고롱 고롱 고로로롱' 하면서 코를 고나 봐요. 소리가 웃겨요. '드렁드렁 컥 푸우'는 아빠고 '빠득빠득 쁘드득'은 엄마, '쩝 쩝쩝 음냐 음냐'는 내 잠꼬대 소리 같아요. 그래도 밤중에는 음악회를 안 하면 좋겠어요. 다른 사람들이 잠꼬대 음악 소리 때문에 잠을 못 잘 수 있어요. 〈한밤중 음악회〉

★ 오민서 (우전초, 2학년)

　〈마음달〉은 둥근 보름달을 보면서 소원을 빌었던 추억을 떠올리게 한다. 추석에 친척들과 함께 손을 잡고 동그랗게 모여서 강강술래를 했다. '백 년 만에 뜬 가장 큰 둥근달'은 어마어마하게 클 것이다. 그 큰 달을 똑 따서 내 맘에 담그려면 내 마음도 많이 커야 한다. 담은 뒤에는 빠져나가지 못하게 꼭 잠근다. 그러면 소원이 이루어질 것 같다. 〈마음달〉

★ 양소율 (우전초, 2학년)

　제목이 내 맘을 딱 끌었다. 대체 뭐가 딱 걸렸는지 동시를 읽고 싶었다. 나도 감자튀김을 좋아하는데 왜 좋아할 수밖에 없는지 말한다. 기름에 튀기고 버터에 뒹굴렸으니 얼마나 맛있을까? 이렇게 맛있는 감자튀김은 나도 숨겨 놓고 아껴 먹는다. 그런데 감쪽같이 사라졌다니 대체 범인이 누구라는 말인가. 탐정의 눈으로 조사해 봤더니 강아지 보스가 범인이다. 완전 범죄를 꿈꾸며 범인이 아닌 척한다. 하지만 얼굴에 증거가 묻어 있다. 버터 냄새도 난다. 그런데도 아닌 척 눈만 끔벅끔벅한다. 정말 귀엽다. 우리 집 강아지하고 똑같다. 마치 내 이야기 같았다. 작가님이 우리 집 강아지 이야기를 어떻게 알았지? 〈딱 걸렸어〉

★ 김시원 (우전초, 3학년)

똥파리의 사과? 똥파리가 사과를 먹는 줄 알았다. 어! 그런데 아니다. 똥파리가 자꾸 비비는 것이 잘못을 사과하는 거라고 했다. 똥파리가 자꾸 귀찮게 달라붙는다. 저리 가라고 팔을 휘둘러도 자꾸 붙는다. 다 용서한다고 해도 또 붙는다. 진짜 귀찮다. 말도 안 통한다. 그래도 똥파리를 잘 타일러야겠다. 〈똥파리의 사과〉

지난번에 친척끼리 간장게장을 먹었는데 진짜 맛있었다. 밥을 두 그릇이나 먹었다. 엄마는 간장게장이 밥도둑이라고 했다. 하지만 짜서 물을 엄청 마셨다. 동시에서는 냉장고를 들랑날랑했다고 했는데 나는 음료수를 입속에 엄청 들랑날랑했다. 그때 기억이 떠올라서 이

동시가 마음에 들었다. 〈꽃게장〉

★ 송도현 (우전초, 3학년)

가을에 은행나무 밑을 지나가다가 은행을 밟으면 진짜 똥 냄새가 난다. 마치 내가 똥을 지린 것처럼 심하게 똥 냄새가 난다. 그 냄새를 친구들이 오해한다. 또 내가 다행히 은행을 피해서 갔는데 다른 사람이 밟았다. 그 사람하고 같은 방향으로 가야 하는데 똥 냄새가 계속 나를 따라와서 멀리 돌아간 적도 있다. 나의 경험과 똑같은 이야기를 동시에 담아서 좋았다. 〈똥내 나는 가을〉

★ 임서린 (우전초, 3학년)

이 동시는 무조건 내꺼다. 나는 먹는 것을 너무 좋아한다. 그래서 내가 제일 좋아하는 떡볶이, 튀김, 순대가 제목이라 마음에 쏙 들어왔다. 나도 떡볶이 국물에 몽땅 넣어 비벼 먹는다. 동시를 읽고 났더니 갑자기 배가 고프다. 살 빼야 해서 진짜 먹지는 못하고 동시 자꾸 읽어서 마음으로 먹었다. 그런데 배 속에서 자꾸 꼬르륵 소리가 난다. 배고픈 사람은 이 동시를 읽으면 안 될 것 같다. 〈떡튀순〉

★ 박준우 (우전초, 4학년)

친구들은 콩벌레가 징그럽다고 하는데 나는 콩벌레가 귀엽다. 아주 조그맣고 밥도 쉽게 구할 수 있고 알도 많이 낳는다. 화단에 가서 돌만 들추면 얼마든지 쉽게 찾을 수 있어 나는 콩벌레랑 노는 것이 좋다. 콩벌레 동시를 읽고 나는 콩벌레 편이 되기로 했다. 맞다. 그 조그마한 게 먹으면 얼마나 먹는다고. 김치도 안 먹을 거고 쌈도 안 싸 먹을 거다. 나는 무조건 콩벌레 편이다. 〈콩벌레1〉

★ 이태겸 (우전초, 4학년)

나도 이 동시와 똑같았던 적이 있다. 진짜로 2학년들은 말썽쟁이다. 자기들도 말 안 들으면서 1학년들이 잘못하면 매일 이르고 고자질한다. 그런데 언니들이 2학년 편을 안 들어주고 뭐라고 했다. 쌤통이다. 고소하다. 센터에서도 매일 일어나는 일이라 재미있었다. 〈이르기〉

★ 정다윤 (우전초, 4학년)

동시에 딸꾹질 멈추는 비법이 담겨 있다. 나도 딸꾹질이 났을 때 여기에 나오는 여러 가지 방법을 다 해 봤다. 벌컥벌컥 물을 마셔도 안 멈췄고 숨 참기를 했을 때 간신히 멈췄다. 다음에 또 딸꾹질이 나면 엄마한테 놀래켜 달라고 해 봐야겠다. 〈딸국질 멈추기〉

쌤이 여러 개의 동시를 놓고 고르라고 했는데 매번 내가 고르고 싶은 동시를 양보해야 해서 짜증도 나고 속상했다. 그래도 〈세뱃돈〉 동시는 '살짝살짝 끼어 세 번째 넙죽 절한다'는 내용이 마음에 들었다. 나도 외할머니댁에서 언니, 오빠들 눈치를 보며 절을 한 적이 있다. 그리고 할아버지가 용돈을 좀 더 주신 적이 있는데 그때가 생각나서 '피식' 웃음이 나왔다. 〈세뱃돈〉

★ 송아현 (우전초, 5학년)

나에게도 할아버지와의 추억이 있다. 이 동시처럼. 그래서 공감이 간다. 우리 할아버지는 변비 때문에 고생하셨다. 그런데 나도 그랬다. 이것저것 변비에 좋은 음식도 먹고 약도 먹고 며칠 만에 힘들게 변비를 해결했던 일이 생각났다. 이런 변비 이야기가 동시가 될 수 있다니 신기하고 재미있다. 〈할아버지랑 나랑〉

★ 유예진 (우전초, 6학년)

목련꽃을 보고 맛으로 상상한다니 흥미로웠다. 나도 봄에 하얗게 핀 목련꽃을 보면서 소프트아이스크림 같다는 생각을 한 적이 있다. 그런데 아이스크림 맛이 아니고 입안에 꽃향기가 가득 찬다고 해서 신선했다. 정말 목련꽃을 베어 물고 싶었다. 그러면 내가 상상한 아이스크림 맛일지 작가 선생님이 말한 대로 꽃향기 나는 맛일지 알고 싶다. 나는 바닐라 아이스크림 맛에 한 표~. 〈상상 놀이〉

★ 이다희 (우전초, 6학년)